国家出版基金项目
NATIONAL PUBLICATION FOUNDATION

# 记住乡愁

## ——留给孩子们的中国民俗文化

刘魁立◎主编

第六辑 口头传统辑（二）

# 巧女故事

康 丽◎编著

本辑主编 杨利慧

北 黑龙江少年儿童出版社

# 编委会

# 序

　　亲爱的小读者们，身为中国人，你们了解中华民族的民俗文化吗？如果有所了解的话，你们又了解多少呢？

　　或许，你们认为熟知那些过去的事情是大人们的事，我们小孩儿不容易弄懂，也没必要弄懂那些事情。

　　其实，传统民俗文化的内涵极为丰富，它既不神秘也不深奥，与每个人的关系十分密切，它随时随地围绕在我们身边，贯穿于整个人生的每一天。

　　中华民族有很多传统节日，每逢节日都有一些传统民俗文化活动，比如端午节吃粽子，听大人们讲屈原为国为民愤投汨罗江的故事；八月中秋望着圆圆的明月，遐想嫦娥奔月、吴刚伐桂的传说，等等。

　　我国是一个统一的多民族国家，有 56 个民族，每个民族都有丰富多彩的文化和风俗习惯，这些不同民族的民俗文化共同构筑了中国民俗文化。或许你们听说过藏族长篇史诗《格萨尔王传》

中格萨尔王的英雄气概、蒙古族智慧的化身——巴拉根仓的机智与诙谐、维吾尔族世界闻名的智者——阿凡提的睿智与幽默、壮族歌仙刘三姐的聪慧机敏与歌如泉涌……如果这些你们都有所了解，那就说明你们已经走进了中华民族传统民俗文化的王国。

你们也许看过京剧、木偶戏、皮影戏，看过踩高跷、耍龙灯，欣赏过威风锣鼓，这些都是我们中华民族为世界贡献的艺术珍品。你们或许也欣赏过中国古琴演奏，那是中华文化中的瑰宝。1977年9月5日美国发射的"旅行者1号"探测器上所载的向外太空传达人类声音的金光盘上面，就录制了我国古琴大师管平湖演奏的中国古琴名曲——《流水》。

北京天安门东西两侧设有太庙和社稷坛，那是旧时皇帝举行仪式祭祀祖先和祭祀谷神及土地的地方。另外，在北京城的南北东西四个方位建有天坛、地坛、日坛和月坛，这些地方曾经是皇帝率领百官祭拜天、地、日、月的神圣场所。这些仪式活动说明，我们中国人自古就认为自己是自然的组成部分，因而崇信自然、融入自然，与自然和谐相处。

如今民间仍保存的奉祀关公和妈祖的习俗，则体现了中国人崇尚仁义礼智信、进行自我道德教育的意愿，表达了祈望平安顺达和扶危救困的诉求。

小读者们，你们养过蚕宝宝吗？原产于中国的蚕，真称得上伟大的小生物。蚕宝宝的一生从芝麻粒儿大小的蚕卵算起，中间经历蚁蚕、蚕宝宝、结茧吐丝等过程，到破茧成蛾结束，总共四十余天，却能为我们贡献约一千米长的蚕丝。我国历史悠久的养蚕、丝绸织绣技术自西汉"丝绸之路"诞生那天起就成为东方文明的传播者和象征，为促进人类文明的发展做出了不可磨灭的贡献！

小读者们，你们到过烧造瓷器的窑口，见过工匠师傅们拉坯、上釉、烧窑吗？中国是瓷器的故乡，我们的陶瓷技艺同样为人类文明的发展做出了巨大贡献！中国的英文国名"China"，就是由英文"china"（瓷器）一词转义而来的。

中国的历法、二十四节气、珠算、中医知识体系，都是中华民族传统文化宝库中的珍品。

让我们深感骄傲的中国传统民俗文化博大精深、丰富多彩，课本中的内容是难以囊括的。每向这个领域多迈进一步，你们对历史的认知、对人生的感悟、对生活的热爱与奋斗就会更进一分。

作为中国人，无论你身在何处，那与生俱来的充满民族文化DNA 的血液将伴随你的一生，乡音难改，乡情难忘，乡愁恒久。这是你的根，这是你的魂，这种民族文化的传统体现在你身上，是你身份的标识，也是我们作为中国人彼此认同的依据，它作为一种凝聚的力量，把我们整个中华民族大家庭紧紧地联系在一起。

《记住乡愁——留给孩子们的中国民俗文化》丛书，为小读者们全面介绍了传统民俗文化的丰富内容：包括民间史诗传说故事、传统民间节日、民间信仰、礼仪习俗、民间游戏、中国古代建筑技艺、民间手工艺……

各辑的主编、各册的作者，都是相关领域的专家。他们以适合儿童的文笔，选配大量图片，简约精当地介绍每一个专题，希望小读者们读来兴趣盎然、收获颇丰。

在你们阅读的过程中，也许你们的长辈会向你们说起他们曾经的往事，讲讲他们的"乡愁"。那时，你们也许会觉得生活充满了意趣。希望这套丛书能使你们更加珍爱中国的传统民俗文化，让你们为生为中国人而自豪，长大后为中华民族的伟大复兴做出自己的贡献！

亲爱的小读者们，祝你们健康快乐！

二〇一七年十二月

# 目 录

趣中轶闻：什么是巧女故事？

## | 趣中轶闻：什么是巧女故事？ |

### 1. 巧女故事的中国记录

作为世界民间故事库藏中极具特色的一类，巧女故事的流传范围非常广泛。欧洲、美洲、西亚、中亚等地区都有这类故事在流传。虽然名称不同，但是这些故事都讲述了许多看起来无法解决的难题被机智勇敢的女主人公轻松化解的过程。就目前掌握的资料看，在中国，巧女故事的流传范围几乎覆盖全国，而且它的传承历史也非常久远。早在北魏时期，慧觉等译撰的《贤愚经》中就有记载：

从前，波斯国有一个大臣，想为小儿子娶一个端庄、睿智的妻子，他托人四处探访，终于找到了这样的一个女子。在迎亲途中，由于听

从了小儿媳的劝告，大臣和随行者不止一次地避免了灾难。不久，大臣便把管理家务的担子交给了小儿媳。小儿媳把家中事务管理得井井有条，公公非常满意。小儿媳还多次帮助公公解答了他在王宫中遇到的难题，使公公受到了国王的重赏。

这类故事在东晋时期的《裴子语林》中也有记载。其中有两则巧妇能言善辩力压文人的故事：

刘道真遭遇社会动乱无以为继，靠在河边给别人拉船过活，见一个老妇人正在摆橹摇船，就嘲讽道："身为女人怎么不在家调机织布，为什么要出来摆橹摇船？"老妇人答道："身为男人怎么不骑马挥鞭，反而来河边拉船？"

有一次，刘道真在草房中和别人用一个盘子吃饭，看见一个老妇人领着两个孩子从门前走过，三个人都穿着黑色的衣裳。他便讥讽道："看，那里有一头黑羊牵着两只小羊羔。"那个老妇人听到后，看了刘道真一眼，说："看，这里有两头猪共用一个槽吃饭。"说得刘道真哑口无言。

## 2. 巧女还是巧妇：中国巧女故事简史

与巧女故事被记录下来的历史相比，中国学者对这类故事的认识时间并不久远，真正的科学研究是从20世纪20年代末开始的。当时的学者把巧女故事看作是一种"民间趣事"，类似于民间笑话。那时候人们的关注点与古代相差无几，焦点

间笑话的记录研究中偶尔出现。20 世纪 30 年代，随着新文化运动的推进，有关巧女故事的研究开始慢慢展露生机。越来越多的人注意到巧女故事作为一种女性故事文本的重要价值，陆续产生了一系列涉及巧女故事的搜集、整理与研究成果。由上海北新书局发行，林兰编选的《民间故事丛书》就是其中的重要代表。

任何事物在进入学者的研究视野之后，都会以概念的形式被界定下来，巧女故事也不例外。在近一个世纪的辗转探索过程中，这个概念随着学者研究视角的不同会发生变化。有的学者比较偏重故事的内容，认为"女主人公才智过人，许多见所未见、闻所未闻的难题，一

大多数集中在"民间趣事"中的讥讽与笑料上，故事中出现的女性角色不过是趣事叙述的点缀而已。因此，从现在掌握的资料看，20 世纪 20 年代的巧女故事只在民

到她们手里便迎刃而解"，于是以"巧女"给这类故事命名。有的学者更关注女主人公在中国文化中的社会身份，认为"在中国以至东亚地区，由于传统的家长制亲族关系的深刻影响，这类故事的女主人公几乎无一例外都是已婚的女子。故事中刁难或考验媳妇的难题，往往出自封建家族的'家长'类人物之口。这些常人难以回答的难题，最终都会被聪慧的媳妇用绝妙的方式破解。因此，这类故事通常称为'巧媳妇'故事"。

抛开命名之争，究竟什么是巧女故事呢？当我们把关注的重心从女主人公对难题的破解拓展到故事本身对女性智慧的称颂上，那么就会发现，巧女故事指的是一个数量庞大、类别众多的故事集群。故事中的女主人公凭借机敏的言行将各种与家庭或家族有着复杂纠葛的难题、困境逐一破解，最终捍卫了自己所属家庭或家族的利益。

那么，在故事中，巧女们会遇到什么刁钻古怪的难题？她们将会如何面对？又如何喜怒不形于色地将难题一一化解？请大家跟随作者的笔触，慢慢地走进巧女故事这座充盈着女性光彩的智慧殿堂，看看民众在讲述这些趣事的时候，为何会让巧女有着与中国社会传统女性实际生活差异甚远的机智言词与勇敢担当，他们讲述的"常中之异"又有何深意呢？

护家之才：巧女的智与巧

## | 护家之才：巧女的智与巧 |

任何一则能够历经时间洗礼流传下来的民间故事，都饱含着民众最为关心的现实问题与生活期待。在中国的民间故事中，这种关切与期待集中表现在对家庭或家族利益的维护上。巧女故事也不例外。由于家业的发展状况关系着家庭或家族在社会中的地位与声望。因此，继承家业、持家发家成为讲述中国巧女故事的重中之重。无论应对何种难题，巧女们的智与巧从未脱离过现实生活的需求。她们的智慧主要表现在两个方面：持家守业的能力与处理人际关系的能力。在故事中，巧女们无一例外地成了持家能人和处事高手。她们的一言一行

都清晰地传达了民众对于女子的持家才能与处事原则的期待。

巧女故事通过家翁或家婆考验巧女持家能力的情节，传达了中国文化语境中民众期待的三种持家才能：

善于经营的头脑、勤俭持家的品性与对实际生活的充分了解。虽然不同的故事在铺展巧女的持家才智时，都依据情节的需求而有所侧重，但是通观中国巧女故事的全貌就会发现，民众在巧女身上投射了他们对延续美好生活的希望。在中国的乡土社会中，一个熟识各种生活技能、既勤劳节俭又善于经营的家业主导者，是每个想要博得更好发展的家庭或家族都迫切需要的。这样的"全能"主导者便是中国老百姓的希望所在。

## 1. 持家的生活智慧

巧女的生活智慧是如何展现的？我们先看看下面这则流传于福建明溪的故事《选当家》：

从前，江南的湖江村住

着一个大户人家，户主名叫吴七公，他很会经营事业，成了江南有名的富商。吴七公娶官氏为妻，生育四个儿子。他的儿子们相继娶了三个儿媳妇，只有最小的儿子尚未成婚。三个儿媳妇虽然都很贤惠，但是吴七公总觉得她们不够聪明，于是立志要为小儿子娶一个聪明伶俐的媳妇。

吴七公性情古怪，总喜欢借题发挥来考察儿媳妇们。有一天，他叫来三个儿媳妇，让她们同日同时回娘家，并同日同时返回，除此之外，还有两个条件是：大儿媳妇可以回去七八天，二儿媳妇可以回去三五天，三儿媳妇可以回去半个月；每人还要带一件东西回来，大儿媳妇要带风回来，二儿媳

妇要带纸包火回来，三儿媳妇得用竹篮装水回来。三个儿媳妇听完公爹说的话后喜忧参半，喜的是能回娘家待几天，忧的是公爹给每个人的时间明明不一样，怎么能同日同时返回？而且要求带回来的都是不可能办到的东西。她们都闷闷不乐地回屋了。

次日早饭后，三妯娌一同上路回娘家。她们默不作声地走了许久，经过王家庄村头的一座木桥时，决定坐在路边休息一下，三人坐在那里，不是唉声叹气，就是发愁皱眉。正巧对面走来一位名叫王素珍的姑娘，问道："三位嫂子为何如此发愁？"妯娌三人就把公爹的话一五一十地说了一遍。王素珍听完后不以为然地说："这有何难，我告诉你们，日期没有矛盾。大嫂子回去

七八天，七八相加是十五天；二嫂子回去三五天，三五相乘也是十五天；三嫂子回去半个月，那就更清楚不过了。这样，你们公爹允许你们在娘家待的时间都是十五天。今天你们一同出门，十五日后同日返回即可。至于你们公爹所说的大嫂子要带风回去，大嫂子买把扇子带回家，给你公爹一扇不就有风了？二嫂子可以提着一盏灯笼回家，灯笼内点着蜡烛不就是纸包火？三嫂子可以找一些芭蕉叶，垫在竹篮底部，然后在篮子里放一些水提回家去，不就行了吗？只是你们记住要同日同时返回，最好在天快黑时点上灯笼，然后一同进屋。"三人听了王素珍的话后恍然大悟，顿时感觉浑身轻松，一起感谢她的指点，欢欢喜喜地各自回娘家去了。

十五天很快过去了。黄昏时刻，妯娌三人分别拿着扇子、灯笼、竹篮返回家。吴七公一看，十分高兴，夸三个儿媳妇聪明。当问到是谁破解这个难题时，儿媳妇们不敢欺瞒，将王家庄王素珍姑娘的主意一一向吴七公说明。吴七公心想：这不就是我日夜寻找的小儿媳妇吗？但是我还要当面考一考她。第二天，吴七公担着两个箱子，扮成卖杂货的向王家庄走去。他过了木桥，打听到王素珍家的住址，便朝王家走去。到了门口，他看到门里有一位俊俏的农家姑娘，心想这可能就是王素珍，便借故向姑娘讨口茶喝。素珍娘端来一碗清茶，吴七

公接过茶碗还未喝就喊叫起来："不得了，旧病复发，痛死我了！"顺势倒在地上打滚呻吟。素珍娘急得手忙脚乱，无计可施。她赶忙走过来，扶吴七公坐起来，问道："老伯，你以往发病时，吃什么药？"吴七公说："是一种无枝无叶的墙头空心树，拿来给我闻一闻，我的病就好了。"素珍娘说："我们家没有这种药，我这个年过半百的人也没有听说过这种药。"素珍说："娘，咱家有这种药，我这就去取。"只见素珍搬来一张凳子，爬上凳子踮起脚，从墙头上一盆葱里拔下几根拿给吴七公闻，吴七公一闻便假装病症已经消除了，心想：这姑娘果然聪明，一定要让她做我的四儿媳妇。于是，吴七公便对素珍娘说："我今日体虚，不能挑担回家，想把担

17

子暂时寄存在你家，三天后再回来取。"说了一些感激的话后，吴七公就回家去了。

吴七公走后，素珍娘打开箱子一看，箱子里哪是什么杂货，分明是满满两箱子绫罗绸缎、金银首饰，其

中还附着一张聘书："湖江吴七公四子，诚娶王家庄姑娘王素珍为媳，聘礼：绸缎三十匹，首饰三十件，黄金三百两，三日后娶亲。"吴七公家在江南一带众所周知，其四子人品出众，忠厚善良，勤劳能干，素珍母女早就有所耳闻，于是母女俩商议后答应了这门婚事。三日后，吴七公派来花轿，接走了素珍——她成了吴七公的第四个儿媳妇。

素珍过门后，聪明贤惠，里外应付自如。吴七公满心欢喜，有意将整个家交给素珍掌管，但是又怕另外三个儿媳妇不服，便想出了一个办法。一天，吴七公将四个儿媳妇都叫到面前，说："给你们每人一根甘蔗，晚上当柴烧，明天早晨，谁能炼了

火种装进火笼给我烤，这个家就由谁来掌管。"四个儿媳妇都想掌管这个家，领了甘蔗后各自在房间里想保留火种的办法。大儿媳妇将整根甘蔗放进灶膛里烧；二儿媳妇将甘蔗砍成几节后，塞入灶膛里烧；三儿媳妇将甘蔗砍断切碎后放入灶膛里烧。三个人的做法虽然不同，但是因为甘蔗水分多，烧不起来，连一点儿火星都没有。素珍不慌不忙，慢条斯理地吃着甘蔗，临睡前她将甘蔗渣子全部扫入灶膛，点上火，待甘蔗渣子烧着后，便用灶灰将其覆盖，让其慢慢熏燃着。第二天早晨，灶膛里仍有火星，她拿来火笼装上火种送给公爹。

吴七公又叫来四个儿媳妇，说："昨晚给你们每人

一根甘蔗当火烧，今天早晨只有素珍送来了火种。从今日起，这个家就交给素珍掌管，你们有没有意见？"三个儿媳妇都认为自己不如素珍聪明，不敢有异议，从此以后，素珍便掌管了这个家。

家翁对家产控制权的转让，给巧女提供了显露才智

助三位嫂子解决归家难题、应对吴七公假装急病的考验，都充分说明了她的才智足以承接发展家业的重任。作为吴七公期待的继承家业的人选。素珍能在最后的测试中脱颖而出，成为当家人，凭借的不仅是面对急难时的随机应变，还有她的生活智慧，即对各类日常生活事务、知识的烂熟于心。

## 2. 守业的节俭美德

积少成多是老百姓日常生活中秉持的重要持家原则，这个原则也自始至终贯穿于中国巧女故事的讲述中。在故事里，家中的长辈也好，巧女也好，都是讲究节俭和善于计算的能手。所以，很多巧女故事会着力渲染巧女们对生活中与衣食住行有关的微利的节省和运

的机会，民众慎而又慎的态度让他们在故事情节的铺陈中，设置了多重关卡来考验巧女的才智是否能够勤俭持家。在这则故事里，素珍协

用。例如下面这则流传于河北涉县的故事《会当家的媳妇》：

有一年，涉县赶上百年不遇的大旱。一春一夏，滴雨未见，千里赤地，树枯草干，更别说长庄稼了。收不成粮食吃什么呀？就是要饭，这附近也只有几家富户，而且门口都卧着凶恶的看家狗，哪敢去要？纵然去要，人家也不肯给你。因此，逃荒的人饿死在街头路边，不算什么稀罕事儿。

可是，邻村有户人家，平常的日子过得并不宽裕，没想到大旱之年，却照样有饭吃。这是什么缘故？且待我慢慢说来。

这户人家老老少少七口人，老大娶了兰花姑娘做媳妇。兰花姑娘聪明贤惠、勤劳能干。平日里，她除了照顾儿女外，还和婆婆一起操持家务。公公他们爷儿俩除了种好自家那几亩地外，还需要去地主家打短工，一点儿也没有闲的时候。

荒年来了，他们家也开始数米下锅。那年头，爷儿俩要养活这么多口人，一年到头不断粮就已经很不错了，能有多少结余？俗话说：干活全凭饭壮力。一遇上荒年，公婆自然愁坏了。每逢端起"照脸汤"，老两口儿就止不住泪汪汪的。想想往后的日子，感到又愁又怕，身上直起鸡皮疙瘩。兰花却笑呵呵地劝说公婆："爹娘莫发愁，缺粮咱不怕！"公公脾气暴躁，闻言不耐烦地说："不怕？你能弄出粮食来？"兰花说："我能。"

说罢，她便把公婆领进了自己的房间。

兰花打开靠墙的两个大板箱，这板箱是她娘家陪送的嫁妆。公婆靠近一看，发现两个箱子里装的全是粮食：一个箱子里装着黄灿灿的米，另一个箱子里装着白生生的面，在这时比珍珠还金贵。公婆惊喜得说不出话来。

原来家里的一切事务都由婆婆掌管，每日里吃什么饭，婆婆定下后，拿出米面，就让兰花去做。聪慧的兰花想：常将有日思无日，莫待无时思有时。于是，兰花便一顿饭节省一酒盅米，日积月累，才攒下这两板箱粮食。

他们一家人省吃俭用，又在外面捡一些树叶野菜，总算度过了荒年。后来，他们家在大门上写下了这样一副对联："勤是摇钱树，俭

为聚宝盆。"这副对联一直
流传到今天。

　　这个故事没有详细讲述
作为"巧媳妇"的兰花究竟
是如何智巧的,只通过寥寥
数语描述了兰花在操持家务
时表现出来的聪明贤惠、勤
劳能干。在大肆渲染荒年无
粮的悲戚和走投无路之后,
详细地讲述了兰花如何利用
日积月累的节俭积粮帮助全
家度过荒年危机的故事。故

事中讲述的节俭的习惯,平
日里看来虽然是细微小事,
却在危急时刻成了救命稻
草。这则故事用并不复杂的
情节向我们展示了中国民间
故事中的巧女们,在做任何
事时,都要经过细心思索、
深思熟虑,不会因急于求成
而蛮干,也不会因畏惧艰难
而退缩。她们的精明没有丝
毫的做作,是骨子里的朴实、
生活中的真实与优良传统持

续的传承。饥荒时的愁苦与积粮满箱时的惊喜，形成了鲜明的对比，让故事的落脚点置于"勤是摇钱树，俭为聚宝盆"这副恒久流传的对联上，完成了对"巧划算，勤劳动"这一家业原则最生动有效的代际传承。

### 3. 发家的聪明头脑

如果说生活智慧是持家理事的根本，勤俭节约是延续家业的保证，那么民众希望巧女拥有善于经营的头脑，则显示了对家业发展的圆满期待。这份期待在流传于山东阳信的善发家故事《三个谷穗》中得到了充分的体现：

从前，有一位张老汉，小时候家里很穷，但他勤劳聪慧，走南闯北做买卖，平日里很节俭，日子一天比一天好了起来。好心人给他说了个媳妇，成家后两口子还是不停地干活儿。他外出卖货，妻子在家料理家务，日子过得挺红火。到了中年，他们已经有了五十亩地、五匹马、两头牛。张老汉为这个家操碎了心。到了晚年，他们的三个儿子都娶了媳妇。张老汉提出分家，三个儿子说什么也不愿意分，可是张老汉身体一天比一天衰弱，渐渐感到力不从心，怎么办呢？分吧，孩子们不同意；不分吧，他已经操不了这个心了。思来想去，他决定还是得挑个当家的，自己到时候帮他出出主意就行。他把这个想法告诉了儿子和儿媳妇们。三个儿子都不愿

意当家，而三个儿媳妇却都争着当家。

一天，张老汉想到一个主意。他拿出三根谷穗，把三个儿媳妇叫到跟前，说："我这里有三根谷穗，你们各自

拿一根回去，好好保存。谁能让谷穗保持三年不坏，并且长出新的谷穗来，这个家就让谁当。今年不分零用钱了，每人分半亩地，自己劳动赚钱花吧。"

三个儿媳妇各自拿了一根谷穗回房去了。大儿媳妇自认为排老大，当家是理所应当的，可是张老汉偏不让她当，让她保存谷穗，并且要让它长出新的谷穗，真是

胡扯！她一气之下把谷穗喂了鸡。二儿媳妇简直成了当家迷，她回到房中，跪在观音菩萨像前，又是烧香，又是许愿的，求菩萨保佑谷穗不生虫、不霉烂，并承诺等她当了家后，会诵念三天三夜的经文，以答谢菩萨的保佑之恩。祷告后，她把谷穗放进了装衣服的箱子里。三儿媳妇呢，回房后就把谷粒搓下，种在分到的那半亩地

里，秋后收获了两大碗谷粒。第二年春天，她把那两碗谷粒又种在那半亩地里，秋后又收获了三口袋谷粒。第三年春天，她把那半亩地又种上了谷粒，秋后又收了三口袋谷粒。

到了第三年的除夕夜，张老汉叫三个儿媳妇把分到的谷穗拿来。大儿媳妇说："我早给喂鸡了。"老汉皱

了皱眉，没说什么。二儿媳妇回房去拿谷穗，打开箱子一看，发现连谷穗的影子都没有，再一看，哎哟，连箱子里的衣服都被老鼠咬烂了，箱子后边也被啃了个大窟窿。她哭丧着脸去见张老汉，说道："爹，我没福当家，别说新的谷穗，连我的箱子、箱子里的衣裳、谷穗都被老鼠……"大年夜图吉

利，不能再往下说了，可是大家都明白是怎么回事了。张老汉听后摇了摇头，也没说什么。老三媳妇让丈夫把那六口袋谷粒背了过来，向大家说了一遍事情的经过。大家听完老三媳妇的讲述后都惊呆了，如果不是地少的话，还不知道会多收多少谷粒呢！

张老汉笑了，说道："看来这个家要让老三媳妇当了。"大儿媳妇臊得满脸通红，二儿媳妇哑口无言，三个儿子都表示同意，张老汉开心地笑了。打那时起，勤劳聪明的三儿媳妇便当起了家。

勤耕得粮，并非多么高深难懂的道理，它是中国的传统社会中代代施行的发家准则。故事中三儿媳妇的巧，在于她既不轻忽小利，又懂得耕种得粮的实干之道，而且这种经营方式没有超越传统社会的认知框架。三儿媳妇的实干，其实是勤劳与远见的结合。这则故事告诉我们，善于经营的聪慧头脑固然与天赋有关，但若是缺少勤劳好学的品质，巧女们恐怕也再难称"巧"了。聪明的读者应该已经看出了故事想要传达的真谛，巧女之巧，并不只是为了增添趣闻轶事的生动性，她们的故事，既是向民众传授长期生活实践中积淀下来代代相传的经验，也是在向当代社会展示源于传统生活实际的民间智慧。

### 4. 隐忍无惧的理事态度

民间故事承载着老百姓的生活期待，其内容也映射着其在现实生活中的状态。作为社会关系的基础组成部分，家庭也好、家族也罢，都不太可能脱离复杂的社会关系。所以巧女故事涉及家庭内外的各种关系：长辈与晚辈之间的关系，平辈之间的关系，邻里之间的关系，官民之间的关系等。巧女能否妥善地处理好每一种关系，能否既保持家庭内部关系的和睦又维系家庭外部关系的妥当，都直接影响着家业的兴衰。所以，能否处理好家庭内外关系，也成为评判巧女才能的重要标准。面对复杂的人际关系，故事中的巧女采用了不同的方式：对家人要委婉含蓄，尽量保持家庭关系的和睦；但是对恶意挑衅的外人，要严厉泼辣，运用锐利的语言击败他

们，不让家庭利益受到损害。这种态度在《智斗县官》中表现得淋漓尽致：

　　从前，在深山老林里住着一户农民，家中只有一

个老农户和他的女儿。唯一的家产是一匹怀着小马的母马。有一天，老头儿骑着马去集市买东西时，把马拴在一个木桩上。他走后不久，母马就下了一匹小马。这时，

一个地主骑着一匹高头大公马也来到了集市上，看到木桩上的母马下了小马，便见财起意，把他的马也拴在了木桩上。老头儿赶完集后准备回家，来到木桩前准备解开拴马的绳子，一看自己的母马下了小马，心中十分欢喜，正准备牵走，地主跑过来说："这匹小马是我的马下的。"两人争执不休，地主就告到了县衙去，并暗中给县官送了些钱财，要县官把这匹小马判给他。

县官收了钱财，就对老头儿说："你说这匹小马是你的母马下的，那么你回去办一件事，让你家里的母鸡今晚下一百个蛋，再孵出一百只小鸡，明天早上给我送来。你就可以领回你的小马了。"老头儿知

道县官这是在故意刁难他，可是又无可奈何，只好先回家去。老头儿的女儿看到父亲愁眉苦脸的样子，就问："爹，什么事把你愁成这个样子？"老头儿把事情的经过一五一十地对女儿说了。女儿说："爹莫急，今天晚上你就好好睡觉。明天早上你去县官那里对他说，小鸡已经孵出来了，但是小鸡要吃一天就能长出来的粮食，请县官把那种粮食找来，我们才能把小鸡送去。不然小鸡会在路上饿死的。"

第二天早上，老头儿到了县官那里，将女儿的话如实对县官讲了。县官知道这个主意一定是其他人给老头儿出的，就问："这话是谁教你讲的？"老头儿说是女儿教的。县官说："一个黄毛丫头竟然如此厉害。你回去叫她上不沾天、下不沾地、

全身不沾一丝纱线，到我这里来领小马。"老头儿知道这又是县官在故意刁难他。只好闷闷不乐地回到家里，把县官的话对女儿讲了。女

儿说："爹，不要怕，我照他的话办。"当晚，女儿和父亲连夜将平时打来的兽皮做了一套衣裤。第二天，女儿骑着马到了县衙，一见到县官就高声招呼："县太爷，我照您的吩咐来了。"县官一看，惊住了，老头儿的女儿的确上不沾天、下不沾地、全身不沾一丝纱线。县官连忙装作十分客气的样子，将老头儿的女儿请到了堂上。

县官知道自己斗智斗不过姑娘，但是又觉得如果就这样把马还给他们，自己太没面子了。反正他们要小马的话一无人证、二无依据，于是就假惺惺地对老头儿的女儿说："好姑娘，既然你这么聪明，这个争小马的案子，我请你来断。"老头儿的女儿问："真的吗？"县

官说："真的。"老头儿的女儿又问："我断了案能作数吗？"县官回答道："作数。"老头儿的女儿又说："那好，这个简单，请他们双方都把马牵来，然后让两匹马朝不同的方向走，小马跟谁的马走，这匹小马就是谁的。"县官只好吩咐手下的人照老头儿的女儿讲的办。结果，小马乖乖地跟着老头儿的马走了。

老百姓注重与邻里、官民之间的关系，所以在争执发生之初，巧女的父亲最先采取的是忍让的态度，直到地主贿赂县官，索回小马无望，危及家庭的经济利益时，巧女才开始进行反击。"以其人之道还治其人之身"是这则故事中巧女采用的方法，以"一日天下之粮"回击"一晚孵鸡一百"的难题，以"穿着兽皮衣裤"对应"不沾一丝纱线"的要求，以"骑马前行"应对"上不沾天、下不沾地"的考验。故事最后附加的断案情节，更加充分地说明了普通百姓的处事原则：长幼之间的尊重，平辈之间的公平，邻里之间的友善，官民之间的敬而不惧。

守规之德：巧女的孝与名

## | 守规之德：巧女的孝与名 |

严格地说，中国巧女故事中的女性形象是与中国传统社会的性质相匹配的。在乡土社会的运行过程中，持家者德才兼备是家庭或家族利益得以维系的决定性要素。故事中的巧女之巧，除了持家才能之外，还充分表现在她们应对伦理困境的聪慧上。这些让人左右为难的困境，是日常生活中随时都有可能出现的状况，在民间故事中，通过这些困境巧妙地展现了民众对巧女们的

道德要求：遵从孝道与捍卫声名。

### 1.重孝与敬老：巧女的孝道

在中国的传统社会中，"行孝守礼"的女性更容易获得男性家族成员的认同。巧女故事中的巧女们也大多数是在接受了父系家族对自己的角色指派以后，才拥有处置家族事务的权力。因此，能否符合"行孝"的民间伦理规范，成为故事中借以衡量巧女的一种重要的道德标准。这种孝道的要求非常质朴，不外乎是小辈的敬重和老来的衣食无忧，传达的是老百姓希望求子防老与保障生活的期望。例如，流传于河北抚宁的《老倪乐三难凤姑》故事里，公公倪乐给儿媳妇出的第一道难题，体现的便是这种质朴的要求：

有个叫倪乐的老头儿，

在家无事时，常喜欢说个谜语、出个难题什么的。偏偏大儿子和大儿媳妇很笨，二儿子在外边念书又没成家，老头儿没有个说话的人，心里很不痛快。一天，大儿媳妇要回娘家。倪乐说："你要回去也行，但得先回答几个问题。什么高如天？什么洼如地？什么不好吃？什么甜如蜜？答对了你就可以回去，答不对就不能走。"大儿媳妇一听乐了，心想：这还不简单？开口就说："云彩高如天，水井洼如地，狗屎不好吃，红糖甜如蜜。"倪乐听完皱起了眉，说："你答错了，别回娘家了！"大儿媳妇感到非常委屈，只好背起篮子挖野菜去了。

她在地里一边挖、一边唉声叹气。巧的是地里有一个正在间苗的女子见她这样，就问道："大嫂，你怎么了？有什么为难的事可以和我说一说。"大儿

媳妇正一肚子委屈没处说，现在碰上一个能说话的，就一五一十地把事情的经过跟女子说了。女子听完了大儿媳妇的话后，说："这个问题好答。回去后你就这么答：'父母高如天，妻子洼如地，饱了不好吃，饿了甜如蜜。'保证你能如愿回娘家。"大儿媳妇问了女子的姓名，就回家了。回到家里后，她照着女子的话跟公公说了一遍。倪乐听了，说："这回你答对了，可以回娘家去了。可是这不像是你能答出来的，你说实话，是不是别人告诉你的。"大儿媳妇只好红着脸说，是一个叫凤姑的女子告诉她的。倪乐听了，心里很高兴，就托人说媒，让二儿子娶了凤姑……

大儿媳妇"云彩高如天"

的回答解题失败，让她无法如愿回娘家，而"巧女"凤姑"父母高如天"的答案则让她得偿所愿。两者一对比，清楚地说明了这道归家难题的答案明显倾向伦理准则，也就是对敬老的强调。还有很多巧女故事会设置一种极为特殊的情境——特意将长辈的名讳设置为六、九、犬等不雅或不便直呼其名的名讳，突出对日常礼仪规范的强调，以表明民众对敬老的看重。所以才会发生儿媳妇巧避讳的事情。巧女通过巧妙的避讳摆脱"失礼困境"来表示自己对长辈的守礼敬重。下面这则《巧嘴媳妇》就是代表性的例子：

有个巧嘴媳妇很懂礼数，

因为她的公公叫周老九，她从来不说"九"①字。应该用"九"字表示的时候，她都避过不用，还能很巧妙地把话说明白。

一天，周老九和西村李老九、东村张老九在一起说话，直夸他的儿媳妇懂事，

---

① "九"在当地方言中的读音或实际含义与"狗"相同。

从没说过一个"九"字。李老九说："一回半回也许能做到，我就不信日子长了，她能一直不说'九'字。"张老九说："就是，简单的话不说'九'字可以，有些

话只怕她想避也避不开。"周老九说："你们不信？我儿媳妇来我家三四年了，从没说过一个'九'字，再难的话她也能避过去。"张老九说："你别说了，我们来打个赌：明天你先躲出门去，我们俩去你家找你。你儿媳妇如果这次真能避过'九'字，我俩情愿输给你一个猪头和二斤酒。要是她说了'九'字，你说怎么办吧？"周老九说："她要是说了'九'字或和'九'同音的字，我照样输给你俩一个猪头和二斤酒！"张老九说："那行，咱们一言为定！"

第二天，周老九按照事先的约定，离开了家。张老九提着一个酒壶，李老九拎了一捆韭菜，一起来到周老九家门口。他们一敲门，巧

嘴媳妇出来了，问："二位找谁呀？"张老九说："我们来找周老九，他在家吗？"巧嘴媳妇说："我爹刚出去，找他有事吗？"张老九说："等他回来，你对他说东村张老九，西村李老九，一个提着一壶酒，一个拎着一捆韭菜，九月九请他去喝酒。到时候叫他早点儿去，可别叫我们等久了。"

说完他俩就假装走了。过了一会儿，周老九回来了，他俩就躲在门外偷听。周老九进院先咳嗽了一声，巧嘴媳妇连忙走出屋，说："爹，刚才有人来找你。"周老九问："谁呀？"巧嘴媳妇说："东村的张三三，西村的李四五，一个提一壶高粱曲，一个拎一捆连冬菜，重阳节要请你喝几盅。还说叫你早

点儿去，别叫他俩等的时间长了。"

张老九和李老九在门外听罢，表示很服气：嗨，这媳妇嘴真巧，那么长的话，到底连个带"九"的音也没说出来。俩人心服口服，只得送给周老九一个猪头和二斤酒。

《巧嘴媳妇》叙述的是民众对于社会孝悌伦常理想化状态的一种想象。

故事设置了两重困境：一方面是名讳禁忌的限制；另一方面又被要求传达会触犯禁忌的信息。儿媳妇拆分了名字中的"九"，转译了年节和事物名称中的"九""韭""酒""久"，从容地化解了困境。儿媳妇的机智是值得肯定的，但更令人关注的是故事屡次强调儿媳妇守礼的自觉性与持久性。这种主动、持久的行为以及公爹的夸耀，都凸显了故事想要传达的是百姓对敬老的重视。以家翁名讳作为禁忌的难题，也说明民众对敬老的理解：除了在日常生活中应对长辈予以关照外，还应当在日常礼仪规范上表现出对长辈的敬重，尤其是称谓上的守礼。

与避讳故事情节相反，但讲述目的是一致的，还有另一类巧女故事。这类故事往往以长辈的餐具为媒介，讲述两代人对孝道的态度与期待。例如，流传于青海互助的故事《摔饭盆》：

从前有个媳妇对婆婆很刻薄，每顿饭只给婆婆盛一小瓦盆，不管婆婆能不能吃饱，平日对婆婆非打即骂，婆婆的日子过得很艰难。

过了几年，这家的孙子娶了媳妇，孙媳妇人品好，对奶奶很体贴，总想帮帮她。一天，孙媳妇对奶奶说："奶奶，明早吃饭时你把饭盆摔碎，我看婆婆能把你怎么着？"奶奶一听赶紧说："我的好孙媳妇，我要是把饭盆摔碎了，你婆婆不把我吃掉才怪呢。"孙媳妇却说："好奶奶，你尽管摔，我自有办法。"

第二天早上，孙媳妇见奶奶没摔饭盆，就走进屋里问："奶奶，我跟你说的话你忘了吗？"奶奶战战兢兢地说："我的好孙媳妇，我受的罪你没看见吗？我一看见你婆婆就吓得直哆嗦，哪里敢当她的面摔饭盆啊！你婆婆再整我一顿的话，我连命都没有了。"孙媳妇明白奶奶不敢照自己说的话去

办，想了想就拿起奶奶的饭盆猛地摔到了地上。奶奶吓得赶紧蹲到地上捡打碎的饭盆。孙媳妇跑出门去向婆婆说了打碎饭盆的事。

婆婆一听奶奶把饭盆摔碎了，抄起一根木棍，连跑带骂地来到奶奶屋里，指着奶奶的鼻尖骂道："你这个老不死的，饭来张口、衣来伸手的还不知足，还敢跟我使性子，这是谁惯下的毛

连忙问："你说什么？"儿媳妇说："妈，我说奶奶摔碎了饭盆，以后你老了我用什么给你盛饭？"这句话把婆婆噎得好半天没说出来话。

从那以后，婆婆好像变了个人似的对奶奶孝顺起来。奶奶临死时，婆婆已经成了村里有名的孝顺媳妇了。

这类故事的教育意义是显而易见的。它宣扬了尊老重孝的传统美德，同时也在德行方面对巧女提出了要求。故事的叙述刻意忽略了外界舆论和其他家庭成员的作用，只讲述了婆媳之间的互动，并将行动的主动权赋予了媳妇。无论是婆婆对奶奶的"虐待"，还是儿媳妇对婆婆的"威胁"，转变现状的行为都是由媳妇一方做出的。故事将"饭盆"转换

病？"说着举起棍子就要打。这时孙媳妇赶紧上前抓住婆婆的手转身问奶奶："奶奶，好好儿的你怎么把饭盆给摔了？你摔了饭盆不要紧，往后我要用什么给婆婆盛饭呢？"婆婆一听儿媳妇的话，

为孝与不孝的关键，它象征着晚辈赡养态度的优劣。传统社会，老百姓对孝道的期待很实在，就是希望能"养儿防老"，为自己的晚年生活提供一种保障。婆婆之所以转变对奶奶的态度，也是出于她对自己晚年生活境遇的担忧。由此可见，这类故事是从一个极端的视角观察巧女对孝道的遵守与维护，把恶名赋予不孝者，惩罚她对民间孝道的违背。而作为巧女的儿媳妇是实干的行动者，她的巧在于其行为能够游刃有余地游走于双重关系的交界边缘，既不损害婆媳关系，又能改变家中的不孝状态。可以说，故事想要传达给读者的不仅是巧女策略的巧妙，更是在强调巧女"以恶制恶"行为正确的同时，表达了对敬老守礼的赞许。

## 2.护卫声名：巧女的尊严

注重名声是民间伦理规范衡量女性的另一条准则。

民众对这种道德要求的强调，在故事里表现为女性反击恶意挑衅时的强悍，她们以自己的言行维护着女性的名声与尊严。巧女们不允许任何人做出损害自身、家庭名声或尊严的行为。如果说，巧女们在维护家庭利益时的言行是毫无畏惧的；那么她们在守护名声或尊严时，就可以称作是勇猛彪悍的。所以，在这类故事里，巧女们不再计较言行是否得当，而是用最直白泼辣的话语、最直接强悍的行为来直面挑衅、维护自身、家庭的名声尊严。例如，流传于广东翁源的故事《村妇斥恶少》中，年轻的村妇在面对恶少的言语挑衅时，便毫不客气地进行了反击：

从前，有个财主少爷外出游玩，在河边看见一位颇有姿色的年轻村妇正在木桥下淘米。他想逗一逗这个村妇，便嬉皮笑脸地对她说："有木便为桥，无木也念乔。去木添个女，添女便为娇。阿娇休避我，我最爱阿娇。"

村妇瞪了他一眼，心中感到十分厌恶，略一凝思，随即不客气地回敬道："有米便为粮，无米也念良。去米添个女，添女便为娘。老娘虽爱子，子不敬老娘！"财主少爷讨了个没趣，只好灰溜溜地逃走了。

村妇的反击方式非常简单，却意味深长。年轻村妇让财主少爷"灰溜溜地逃走"的法宝，不是出众的文采，而是隐喻在这段文字背后的孝道重压。在中国巧女故事中，"赛诗"类的故事非常典型且常见。这类故事中的"诗"并非是对仗严格的律诗，而是乡间常见的字谜或对联，在很多故事中被称为"四言八句"。约定比试四言八句的往往是秀才、教书先生等在封建社会中能够接触文字并有知识的男子，但是最后失利的往往也是这些所谓的才学之士。故事里的巧女们常以暗喻伦常孝道的隐语嘲讽这些"才学之士"，他们的落败往往颇具喜剧效果，愈加衬托出女性处事的随机应变和语言上的天赋。在这类故事中，很多巧女的"巧"，不止停留在日常生活中的伶牙俐齿，还体现在能够识文断字，有才女般的敏捷文思、出口成章。例如流传于河南潢川的故事《才女联对》：

有位私塾先生正在教学生对对子，看到一只鸡偷吃院里晒的稻谷，学生用铜镇纸把鸡打跑了，就出了"鸡饥盗稻童铜打"的上联，让学生对。学生一看对不上，就假装肚子疼，逃走了。

学生找到姐姐，让姐姐帮他对对子。姐姐问他："你在学堂里都见到了些什么呀？"学生想了想说："半晌午，有只老鼠趴在屋梁上乘凉。来了个客人咳嗽一声，把老鼠吓跑了。"姐姐说："好，我知道该怎么对了。你就对'鼠暑凉梁客咳惊'。"学生一听很高兴，赶紧把下联写在一张纸上，拿给先生看。先生一看，连声称赞：

"对得好！对得好！"可转念一想，这娃儿憨头笨脑的，不像是能对出这么好下联的人，就问他："这是谁替你对的？"学生见瞒不过，只好实话实说。

先生知道东家的小姐人品好，没想到居然这么有才华，一听来了劲儿，赶紧又出了上联，叫学生给送去了。小姐接过一看，见写的是"六尺丝绦，三尺缠腰三尺剩"，就提笔写了下联："八幅锦被，四幅遮身四幅闲"。学生拿给先生一看，先生心想：小姐在对联中提及被子还有一半闲着，难道是在暗示我？又一想，这深宅大院如何才能进入小姐的闺房呢？还是先询问一下，就写了"树大根深，问樵夫何处下手"作为上联，又叫学生送去了。小姐见了这副上联，揣摩到先生想歪了，就在下联里发出"风急浪紧，劝渔翁及早回头"的警告。先生看到这副下联后，仿佛被当头泼了一瓢冷水，失了面子的他又写了"竹本无心，节外生出枝叶"指责对方。小姐看后，又提笔写了"藕虽有眼，中空不染污泥"。先生一看，觉得再也没有希望了，就把这事放下了。

后来，小姐出嫁了，生了一对双胞胎。有一天，先生见了，指着一对孩子问："这两个孩子，哪个是先生的？"小姐说："先生是我儿，后生也是我儿。"先生一听，顿时羞得满脸通红。

方的文采竞试始终是势均力敌的。直到私塾先生最后的暗讽触及东家小姐的名声，才被东家小姐的伦常暗讽"羞得满脸通红"。在这类隐语嘲人的故事中，作为封建社会评判女性的一条重要标准，女性的生育能力是巧女们最善于运用的"武器"。因为繁衍子嗣是关系家庭整体形象和社会地位的重要问题，所以巧女们并不忌讳正面谈及，反而将它作为特殊

东家小姐与私塾先生的对联应对，尤其是最后以"莲藕中空"的自喻反击私塾先生"节外生枝"的抱怨，双

的言语利器。运用同音字巧妙地暗示自己的长辈身份，借以警告挑衅者的言辞已经违反社会伦理，进而去戳破挑衅者的不良居心。《才女联对》中的嘲讽只是点到为止，而下面这则流传于四川巫山的故事《巧媳妇过渡》中，这一点被表现得淋漓尽致：

从前，有一个艄公以在河边摆渡为生。一天，船上来了五个人：一个卖盐的，一个杀猪的，一个文秀才，一个武秀才，还有一个年轻妇人。艄公正要解缆开船，文秀才连忙摆手，叫艄公停下，对其他几个人说："今天相遇，就是有缘，为免路上无聊，我们来立个规矩，每个人都说一段四言八句，说得好的过河不要钱，说得不好的就付船钱。各位说怎么样？"说完就对其他几个人使了个眼色，所有的男人不怀好意地看着那个年轻妇人，都说："好！好！"

文秀才不紧不忙，把衣袖一捞，走到年轻妇人面前说："小娘子，如果你说不出来的话，就早点儿请我帮忙。"年轻妇人站起来，瞄了他们一眼，说道："说四言八句可以，不过我从不喜欢与人抢先。"文秀才连忙说："巧了，我是从不喜欢落后。"四个人都一起让文秀才先说。文秀才清了清嗓子，斯斯文文地说："笔儿尖尖，砚儿圆圆，这次上京去赶考，一定中个文状元。"武秀才接着说："箭儿尖尖，弓儿圆圆，这次上京去赶考，一定夺个武状元。"杀猪的抓了抓脑壳，说："刀儿尖尖，盆儿圆圆，一年四季杀猪卖，天天月月挣大钱。"卖盐的把秤盘一敲，说道："秤钩尖尖，秤砣圆圆，将我盐巴捎过河，不知要赚多少钱。"艄公摆了摆艄，说："船儿尖尖，艄儿圆圆，男男女女渡过去，要收你们几百钱。"

他们说完就哈哈大笑起来。文秀才又跑到年轻妇人面前说："小娘子，你都听到了，现在你是想请我帮忙，还是愿意付船钱？"

年轻妇人看到文秀才老是在她面前嬉皮笑脸的，冷冷一笑，说道："想得美，都竖起耳朵听着。我奶儿尖尖，肚儿圆圆，一胎生五子，文武两状元，三儿在杀猪，四儿卖私盐，幺儿生得苦，

河下撑渡船。"说完，稳稳当当地站在船头。

这几个人一听，心里非常难受，却是哑巴吃黄连——有苦说不出。艄公也乖乖地撑船过渡，不再言语。到了对岸，年轻妇人大摇大摆地走了，艄公连船钱都没敢收。

年轻妇人吟诵的"四言八句"谈不上雅致，但犀利的言辞却能穿透人心。故事以直言生育暗示母子伦常的方式赢得赛诗，让不怀好意的挑衅者有苦难言。仔细研究故事后会发现，在这类让巧女捍卫声名与尊严的故事中，女性的"口舌之利"并不是故事最想凸显的地方，巧女们的利口与男性无礼挑衅的落败，的确维系了女性的名声及其背后家庭或家族

的颜面，但是故事最终想要说明的，其实是民间质朴的伦理规范在老百姓日常生活中的重要地位。

巧女破解难题的智巧为表象，对民间伦理规范的强调为基里的情况，在一类被称为"遇到和丈夫一样笨的人"的巧女故事中表现得更加清晰。这类故事通常附着在展现巧女生活智慧或持家处事才能的故事之后，巧女智巧的展示带来了这类故事中的难题或困境。这些难题或困境通常采用隐谜暗示的方式，多数是巧女的"拙夫"在智巧较量失利之后，为巧女捎去了"隐谜式的礼物"，如葱与肉的搭配、花与牛粪的搭配等，用来暗示巧女与丈夫之间的不般配。这些"恶意礼物"被巧女破解之后，往往会带来破坏性的结果，如巧女生气生病、愤而离家出走、试图与丈夫分手等。因此，这类故事在送"隐谜式的礼物"之后通常会追加"动作隐谜"，来挽回恶意礼物带来的后果，如"给一匹马装上两个马鞍，以暗示好女不嫁二夫""做一些愚蠢的动作，如大海捞针，以暗示还有许多和丈夫一样笨的人"等。例如，流传于河北石家庄地区的一则故事《小三儿卖马》就讲述了"拙夫"小三儿在集市上把马卖给当地有名的能人（聪明人）韩老转，但是韩老转

并未一手提马一手交钱，而是把自己的住址用谜语的方式告诉小三儿，让他集市散了以后再来拿钱。小三儿依靠聪明媳妇的帮助顺利找到了韩老转，却"憨憨地"捎回了"隐谜式的礼物"：

集市散了后，小三儿按媳妇说的，很快找到了韩老转家。韩老转是个外场人，先茶后酒，好吃好喝地招待了小三儿。小三儿临走时，韩老转说："给你一张烙饼，裹一块肉，一根大葱。你把饼搁在袖筒里，拿回去给弟妹吃，也算我当大哥的一点儿心意。"小三儿回去对媳妇说："韩老转真够朋友，钱没少给，好吃好喝招待我，还让我给你捎张烙饼回来。"媳妇接过烙饼一看，把饼摔在炕上："……这不

分明是说，聪明伶俐的好媳妇，跟你一家死肉瓜子过！你把我送回家吧，我不跟你过了……"小三儿按韩老转的说法借了匹马，牵回二门洞里，把俩鞍子前撂撂、后放放。这时，媳妇抱着包袱出来了。她见小三儿在摆弄鞍子，对他说："我认命了，不走了，跟着你过吧！"小三儿问："怎么又变卦了？""看你摆弄鞍子，我这才想起来，好马不鞴双鞍，好女不嫁二夫。"

这则故事中的"动作隐谜"是韩老转为弥补恶意礼物所带来的恶果的努力，这也符合老百姓"宁拆一座庙，不毁一桩婚"的民间习俗。令人深思的是，这个恶意礼物，的确促使巧女重新审视自己的"拙夫"，甚至做出了放弃家庭的决定，但是这些并没有敌过伦理规范与家庭利益对女性根深蒂固的影响。"好马不鞴双鞍"的隐谜之所以能转变巧女抉择婚姻的态度，正是女性自身欲求向"好女不嫁二夫"伦理规范妥协的结果。

有趣的是，如果巧女就此屈服于这种束缚捆绑，那么她们的巧女之名似乎就有些名不副实了。因此，在很多"遇到和丈夫一样笨的人"的巧女故事中，"动作隐谜"不再是男性事后意图弥补的努力，而是巧女用来回击恶意礼物的利器。例如，下面这则故事中，晚儿媳妇就用寓意深刻的礼物反击了韩冷的刁难：

早先有户人家，养着骡子喂着马，只是人丁不旺，

老两口儿五十多岁才生了个儿子，就取名叫晚儿。

晚儿生得忠厚老实，老汉生怕孩子日后受欺负，心里像压了块石头似的，每天都唉声叹气的。老伴儿却说："咱晚儿哪点不好？只是生得做人实在了些。"老汉说："你别护短，赶明儿叫他去集市上买几斤盐，去的时候牵上一只羊，回来的时候让羊把盐驮回来；此外，不许给他一分钱，看他能不能买回盐来。"

第二天，晚儿牵了羊，出村就哭了起来。村边的房子里，有一个洗衣姑娘正在晾衣服，她刚把红布衫搭在柳枝上，就听见村外有人在哭。往外一看，柿子树下好像有个人在放羊。她打开红油门走到树下问："大哥大哥，你哭什么？当心哭坏了身子！"晚儿擦了擦眼泪，把自己的难处告诉了姑娘。姑娘说："我有法子，你跟我来吧！"到了家里后，姑娘拿起剪刀，剪下羊毛说："七九河开，八九雁来。羊毛换盐，谁都明白。"

晚儿果真按姑娘说的，用羊毛换了盐回去。娘说："瞧咱晚儿多会做事！换了别人家的孩子，肯定买不回来盐呢！咱这家业不愁没有人撑持了。"老汉说："我

得问问晚儿。"老汉叫来晚儿，问道："这主意可是你想的？"晚儿说："是一个姑娘教我的。"老汉想了想，说："也好，那你就把她娶回来做媳妇吧！"

晚儿娶了媳妇以后，没过几年爹娘便去世了。下葬爹娘花了不少钱，媳妇说："咱家地少了，牲口也用不上两头，不如把枣红马卖了吧！咱卖五十两银子，多一

两不要，少一两也不行。你卖完后，问准买主住哪里，姓啥叫啥。"

晚儿牵了枣红马到集市上。有个中年汉子瞧这马不错，当真值五十两银子，很想买下，就问："四十五两卖吗？"晚儿说："五十两银子我才卖呢。"买主又加了三两问："四十八两怎么样？"晚儿说："我媳妇嘱咐过，多一两不要，少一两也不行！"那人觉得好笑，就把马买下了。晚儿问他姓名和住处时，那人说："我叫东北风，家住露水坑，门前摇钱树，树下有架笼。"又说："就走这条路，东扭扭，西翘翘，南拐拐，北扯扯，就到了。"

回到家里后，晚儿把这话告诉了媳妇，三日到了，该去要钱了。晚儿没处找买主。媳妇说："他叫韩冷。门前有棵榆钱树，树下有盘石磨，石磨就在水池边上。去他家的路也好走，没岔道，曲里拐弯，不是很直。"晚儿照着媳妇的话，果真找到了买主。买主感到很惊奇，问他是怎么找来的。晚儿如实说道："是我媳妇教我的。"买主得知晚儿家里有个精明的媳妇，付过钱后，又给了他一块烂肉，肉上插了一朵鲜花，让他转送给他媳妇当礼物。又说道："你媳妇要是高兴也就算了，若是生气，可以让她来找我。"

媳妇见了晚儿带回来的礼物，果然气得生了病。晚儿只好把这件事告诉韩冷。韩冷骑马来到了晚儿家。只见晚儿媳妇好好地站在那里，哪里像生病的样子？原来，她早就预备下一只破鞍子，见人来了，就叫晚儿放到韩冷所骑的马背上。那马又踢又跳，不肯让人放两只鞍子。媳妇怒视着韩冷说："晚儿是我心上夫，鲜花烂肉太狠毒，好马还不鞴双鞍，何用老狗瞎掺和？"

韩冷听后羞愧满面，冷汗横流，恨不能钻进地缝里，只得灰溜溜地走了。

回想这一系列巧女护卫女性名声与尊严的故事，我们能够看到，现实赋予女性的处境，使她们无法摆脱已深入骨髓的利害认知。故事中的女主人公面对婚姻时也表现出了同样的务实心态：家庭及个人的实际利益始终是巧女行动的核心。故事中巧女泼辣的反诘，让我们清晰地看到她维护自身利益时的坚决态度。这种坚决的态度与犀利的回应给人的第一感觉，便是巧女对个人与家庭尊严的维护。但是细想一下，促使巧女以泼辣直白的方式回击的原因，或许并不在于巧女本身，而在于被社会所规定的她所归属的群

体。因为在巧女个人尊严的背后，是支撑包括其家庭或家族在内的中国传统社会得以顺行的利益规则。一旦这种隐藏在群体生活当中的规则被个体行为所冒犯，无论故事是否直接言明了这种危害，民众都会通过故事中被赋予了表达权的代言人——巧女的智慧语言予以消解。

巧拙之争：巧女故事的深意

## | 巧拙之争：巧女故事的深意 |

民众讲述和聆听故事，并不单纯是为了享乐，还有更重要的目的，就是要传达和交流彼此对生活的思考与期待。在这种教育或娱乐的形式下，民间故事蕴含的是民众在生活中的思维方式和认知观念。每一个故事角色的言行，都是上述内容的映射。

中国巧女故事通过巧女破题解困的行为大大彰显了女性的智慧。这种智慧与其说是女性主体个人意志的展现，倒不如说是中国传统社会民众朴素的持家要求和处事原则的反映与传达。在巧女故事中，巧女通过与配角

们的抗衡或协作，成为解困行动中的成败主导者和智慧代言人。她们与故事里的其他角色，共同出演了这场发

守护家业的女性卫士，又要承担在公共领域中的职责，即在危难时刻挺身而出，妥善处理家庭内外的各种关系，解除家庭、家族及自身的困境。另一重是故事的隐含声音，即叙述了一系列的伦理规范，每次女性智慧的发挥都不能逾越伦理规范的限制，让巧女陷入了故事所设置的两难境地。

可以看到，巧女们面临的现实利益与民间伦理规范的僵局，不仅是民众为故事角色所设置的难题，同时也是他们用以传达其文化欲求与思想认同的突破口。故事中用极具中国民间特色的表达方式完成了对伦理规范的逆向认同：即在男性缺席或男性庇佑能力匮乏的情况下，为了度过家庭或家族的

生在家庭内外的巧拙之争。

每一则中国巧女故事都包含着双重声音：一重是故事的表层声音，强调并夸大了巧女的智慧及其行动对家庭以及女性个人生活的影响，讲述了巧女在利益的驱使下，既要作为私人领域中

利益危机，巧女们暂时抛开伦理规范对传统女性的性别约束，让其作为家庭的代言人与外力较量并解决困境。一旦危机解除，巧女们又会重归伦理规范的信徒行列。可见，是张扬女性智慧的表

层声音与叙述伦理规范的隐含声音共同糅合在故事的整体叙述里，才传达出民众对理想女性的期待。

从故事中，我们可以看到形成这种期待的多种原因：家庭或家族秉持的家规

家法、社区依靠的社会舆论、文人话语间透露出的主流意识形态，以及日常生活的现实需要。这些原因杂糅在一起渗入巧女故事中，共同完成了对民众这种期待的表达。而故事采用的艺术化的叙事方式，为民众想要弥补现实缺憾提供了一定的想象空间。借着想象的翅膀，传统民间故事中展现的生活智慧与伦理坚持还能够在当下的文化中闪耀光芒；民众质朴的审美需求与生活期待，也能伴随着文化的代际传承而历久弥新。

图书在版编目（CIP）数据

　　巧女故事 / 康丽编著；杨利慧本辑主编. -- 哈尔滨：黑龙江少年儿童出版社，2020.8（2021.8 重印）
　　（记住乡愁：留给孩子们的中国民俗文化 / 刘魁立主编. 第六辑，口头传统辑. 二）
　　ISBN 978-7-5319-6521-3

　　Ⅰ. ①巧… Ⅱ. ①康… ②杨… Ⅲ. ①民间故事—作品集—中国 Ⅳ. ①I277.3

　　中国版本图书馆CIP数据核字(2020)第172722号


记住乡愁——留给孩子们的中国民俗文化　　　　刘魁立◎主编
第六辑 口头传统辑（二）　　　　　　　　　　杨利慧◎本辑主编
巧女故事 QIAONV GUSHI　　　　　　　　　　　康　丽◎编著

出 版 人：商　亮
项目策划：张立新　刘伟波
项目统筹：华　汉
责任编辑：杨雪尘　顾吉霞
整体设计：文思天纵
责任印制：李　妍　王　刚
出版发行：黑龙江少年儿童出版社
　　　　　（黑龙江省哈尔滨市南岗区宣庆小区8号楼 150090）
网　　址：www.lsbook.com.cn
经　　销：全国新华书店
印　　装：北京一鑫印务有限责任公司
开　　本：787 mm×1092 mm　1/16
印　　张：5
字　　数：50千
书　　号：ISBN 978-7-5319-6521-3
版　　次：2020年8月第1版
印　　次：2021年8月第2次印刷
定　　价：35.00元